눈물로 꽃이 된다

Magic House
마법의 책 공장

눈물로 꽃이 된다

초판 1쇄 인쇄 2019년 10월 28일
초판 1쇄 발행 2019년 11월 4일

지 은 이 이신재
삽   화 이상무
디 자 인 김민성
펴 낸 이 백승대
펴 낸 곳 매직하우스

출판등록   2007년 9월 27일 제313-2007-000193
주   소   서울시 마포구 모래내로7길 38 605호(성산동, 서원빌딩)
전   화   02) 323-8921
팩   스   02) 323-8920
이 메 일   magicsina@naver.com
I S B N   978-89-93342-74-1

• 책값은 표지 뒤쪽에 있습니다.
• 파본은 본사와 구입하신 서점에서 교환해드립니다.

눈물로
꽃이
된다

Magic House
마법의책공장

시인의 말

일상의 크고 작은 일들에
파스텔 옷을 입히고
행복한 시간 여행으로
피어난 작은 꽃망울

부끄러운 마음을 감추며
사랑채 댓돌 위에
바람이 머물고 가듯
그리움의 추억을 담았습니다.

2019년 오월

안성JuJuBa팜에서

이신재

목차

2부 그리움은 꽃물 드는데

3부 보고싶은 사람

4부 당신은 세월 속으로

해설

1부

눈물꽃

별꽃 사랑

기
다
림
으
로
가슴 젖는
별
꽃
사랑
보고싶어요

목련

하이얀 고깔모
살짝궁 머리에 쓰고
봄날을 잉태하는
순백의 영혼

각시붓꽃

이슬연지
각시붓꽃
꼬옥 감추었던 가슴을 엽니다
부끄러이 물들은 연초록 햇살이 묻어납니다

가을

빛바랜 밀짚모자
허수아비 머리 위에 잠이 들면
산과 들은
농주(農酒) 한 잔에도 얼근히 취한다

자화상

거리를 방황하다
산허리를 돌아온 나의 손님은
코올타르 내음이 풍기는
길모퉁이에 앉은
빨간 코스모스

고향을 향해
바람이 불다 멎은 개울 뚝
머리 위로 구름이 씻기고
나의 손님은
오랫동안 연기 속에
나부끼고 있다

봄맞이

아지랑이 너울거리는 들녘
연지곤지 함박 수줍은
개구리 한 마리
옷고름 풀리듯
파아란 실비에 젖고 있다

이런 날엔

살아가면서 언제나
기댈 수 있는
사랑이 있었으면 좋겠다

힘들고 어려울 때
찾아 가서 볼 수 있는
고향이 있었으면 좋겠다

몸살이 난 이런 날엔
옛일을 기억 할
한 사람을 갖고 싶다

바다 스케치

굽은 허리
하얀 마음
머리를 적시우는
비릿한 선율

반딧불이

한
결
같은
하얀
외투를
벗어버리고
등불처럼
가지고
놀던
유년의 동화 속에
꺼내보지
않은
그리움을
만나고
싶다

오늘은 봄날

청룡사 풍경소리
진달래 개나리 흥에 겨워
하늘 한 자락 향기롭고

푸르른 청자 빛 하늘가
나옹 스님의 독경소리에
종달새 차고 노닐며

풀빛 싱그러운
논두렁 밭두렁 어우러진
씀바귀 미소

소망의 꽃향으로
당신의 꽃이 되고 싶다
해맑은 인연으로

민들레

꽃샘바람
시새움에
입술을
떨며
꽃
왕관
머리에 이고
기지개를
켠
다

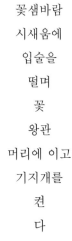

그리움의 일기, 봄

아지랑이 입맞춤에
발그레한 귓볼을
부끄러이 감추던
그때의 그대 모습

그리움의 일기, 여름

내 안에 숨쉬는
또 하나의 나
사랑을 꿈꾸는
뜨거운 열정

그리움의 일기, 가을

논둑길
미소 머금은
그리움의
풀꽃향기
자주 빛 노을이
온통
세상을 물들였다

그리움의 일기, 겨울

다듬이 소리
달빛 고드름에
사랑을 엮으며
그리움의 눈물
모두가 당신입니다

얼레지꽃 당신

젖먹이 정민이가 먹다 남은
마른 카스테라 빵과 같이
건들기만 해도 부서져 버릴 것 같은
얼레지꽃 당신

홀쭉한 젖가슴을 조심스레 감싸 안아도
깊은 잠에서 깨어나지 못하는 당신은
세상의 마술에 걸린 초록빛 전설

사랑을 위하여 1

당신이 올 날
손꼽아 헤아리며
갸날픈 어깨가
바람에 일 때도
당신을 위하여
기도하였습니다

사랑을 위하여 2

봉긋한 젖가슴이
손안에 가득
희열로 차오를 때
배롱나무 꽃그늘에 숨어
긴 날들을
그리워하였습니다

사랑을 위하여 3

실가지 마음
눈꽃 머리에 노닐다
병아리 입술로
나즈막히 부르리
기쁨으로 사랑합니다

고운 설레임으로

유채꽃 꿈들이
너울대는 실바람에
그리움
하
나
씩
떨구우고
고운 설레임으로
꿈길을 걷는다

실직, 떠나는 날

바라 볼 수 없었어
눈가에 맺힌 이슬
말 할 수도 없었어
당신을 향한
울음 머금은 미소
잇몸 시린 세상에
발가벗은 부끄러움

실직, 이튼 날

충혈된 눈동자
가슴으로 피워 낸
자욱한 담배연기
A.P.T 울타리에 핀
회
색
꽃

실직, 삼일째

빗방울 거세게 창문을 두드리며
늦은 밤 잠 못 이루는 괘종시계
남생이 난초 꽃망울에 눈물 고인다

망초꽃 눈물

달빛
그리움에
시냇물 소리
가슴에 보듬어 눈 감으면

그대
야윈 허리
얼싸안고
볼 부비는
망초꽃
눈
물

눈물꽃

봄을 시샘하듯
생강나무 꽃눈에
함박눈이 머물고
기다림으로
행복한
눈
동
자
인연의
눈물로
꽃
이
된
다

봄 마중

계유년 새해 아침은
남아시아의 쓰나미로
많은 사람들이 슬픔에 잠기었더니
바다 건너 일본에서 부는
독도리의 역사왜곡 소용돌이가
한반도를 뒤흔드는 사이
온 몸에 수액이 오르듯
봄은 그렇게
소리로 향기로 빛으로 와 있었다

내게 너는 그리움

공

기

돌

속에 스며든

손때 묻은 따스한

당신의 체온을 새끼

손가락 끝으로 기억합니다

까

마

중

닮은 작은

여우얼굴 살내음이

야윈 입술로 못내 간직하고 있어요

청보리 일렁이는 언덕 너머

마른기침으로 아파오는

아련한 추억의

그늘

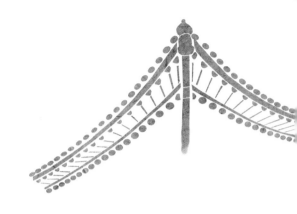

당신은
없
어
요

사
랑
채
봉당에
머리 맞대고
소꿉놀이에 빠졌던
당신은 그리움의 추억입니다

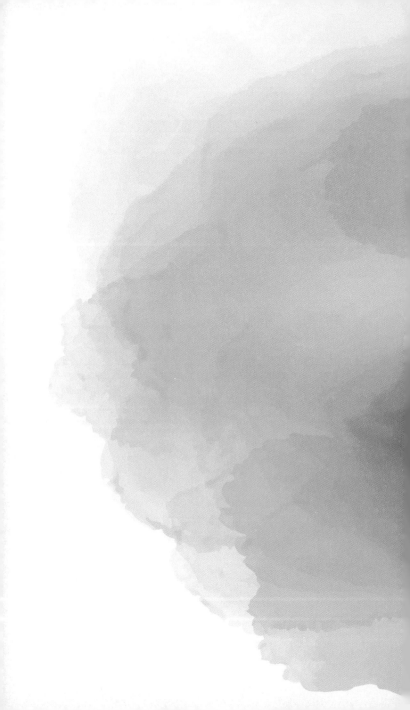

2부

그리움은 꽃물 드는데

파도 1

은빛
꽃댕기
입에
물고

그리움
널뛰는
물
꽃

파도 2

나는
너
너는
나

함께
어울어지는
환희의 멜로디

우

린

하

나

파도 3

오랜
전설의
섬을 노래하고

바람 따라
하얀 날개를
접은
작은
갈매기
꿈

너는 나의 비밀

난,
당신의
포근한
영혼의 향기를
간직한 안개비

날
마다
이슬로
머물다
사라지는
사랑의 비밀

혼
자
있어도
당신이 있어
행복한 꿈을 꾸어요

송홧가루 꽃비 되어

봄내음 가득한
노오란 화실에서
유리상자 너머 세상을 보니
낯설은 풍경들이
그리움 향한 몸살로
송홧가루 꽃비 되어 흐르네

미리내에 오면

안개비에 젖은 가로등 사이로
기다림에 잠들은 초록 눈물
봄이 오는 미리내에 오면
하얀 그리움이 눈을 뜬다

고운 사월

산수유 바람에
노오란 옷깃
나플거리고

명자나무
아지랑이 쟁기질에
맑은 미소로 피어난다

복사꽃 꽃무리에 취해

살면서 살아오면서
짊어진 무거운 상념들을
한웅큼씩 흩어 내고는
복사꽃 꽃무리에 취해
긴 여행을 하고 싶다
다시 사는 세상 속으로

꽃비의 속삭임

그리움의

빗장을

연

꽃비의

속삭임에서

블루마운틴

커

피

향기에

묻어나는

유혹

내게

머무른

너는

고요함이 깃든 영혼의

꽃

잎

봄이 왔어요

봄
향기
황사비
시새움으로
주춤거리울 때
당신은 기지개를
켜며 들로 나서는
봄 무지개였으면 해요
노란 히어리꽃 나부끼는 산골짜기에서
우연히 정말 우연히 마주하는 사랑이었으면 해요

낯선 이별

그리운 듯 그리운
아득한 길
님은
녹두꽃 필 무렵
노오란 투구 쓰고
그렇게
낯선 그리움으로
떠났네요

봄비

참
좋은 시간
봄비 되어 내리고
골목길을 가득 채우는
아이들의 즐거운 웃음소리
흙 내음 속 초록의 꿈을 담고
문득 가까이 있으매 잊고 살았던
따뜻한 아내의 꽃다지 입술에 고백하듯
한참이나 쪼그려 앉아 문밖에서 봄비를 맞고 있다

윷놀이

개가 나와야 한다
윷이 나와 업으면
더 좋은데
으랴차차
어깨춤을 들썩이며
던져지는 윷가락에
흥겨운 웃음소리
행복한 미소
말판 위에 던져진
희망의 새해가
시작되었다

옛 그리움

창
가에
속삭이는
종달새 노래
문
득
옛 그리움을 만나고 있습니다
설레이는
마
음
으
로

은빛 가을

나의
예쁜
영혼
고단한
꿈의
여정에

따뜻한 위로가
빛깔 고운
물감으로
피어

파아란
하늘
도화지에
스며드는
사평리
은빛
가을

이별

가
슴이
마구
마구
뛴다
착각의
침묵으로
텅빈 욕심으로
쭉정이 같은 여정
낙엽지는
외로움으로
세월이
간
다

입춘(立春)

어느 골짜기 실바람일까
겨우내 삭풍에 여윈
솔향기 겨울잠을 얼르고
볕바라기 인연을 핑계로
수줍은 산수유 입술에
햇살 가득 속살거리네

수선화 만난 날

처마밑
이빠진
얼레빗
고드름

햇살
눈물
흐르는
오후

수선화
새싹
처음
만난
날

봄이 오고 있어요

생일이예요

계곡이
어둠을
보듬어 밀어내고

눈꽃
서리로
속살을 여미우며

고운
마음빚어
쪽지은
세월

에그블루
수수꽃다리 피어나는
오늘은
가슴이
따뜻해지는
생일이예요

얼음새꽃 골짜기

또
하루
외롭게
남은 시간
내게 허락된 공간은
잔설을 녹이고 꽃망울 올리며
한줄기 햇살 찾아 꽃동이 보듬는
기쁨으로 온 노오란 얼음새꽃 골짜기

그냥 걸었어요

그냥
걸었어요

누군가
부르는
소리에
그냥
걸었어요

착각인가
보고픔일까
중독인가
그래도
그냥 걸었어요

당신에게로

봄향기

귓불을
스치는
속삭임

목련꽃
벙그는
볼웃음

고운
연두
한마당
춤

가슴에
망울진
봄
꼬투리

여우비

2대 3의
화음으로
여우비
선물같이
다가와
기쁨을
더하고
햇살 뒤에
숨어
그리움만
두드립니다

열꽃

덥다 더워
얼굴에 흐르는
빗물 같은 땀방울
가마솥 열기에
몸살을 앓는
사랑의 열꽃

바람이 분다

바람이 분다

빗방울
잎새마다
이야기를
수놓으며
살랑살랑
솜털을
간지럽히는
당신의
숨결처럼

바람이 분다
가슴으로 불어온다

그리움은 꽃물 드는데

송화가루
꾀꼬리 가슴에
분칠하고

햇살은
연두에서
초록으로 더하고

그리움은
꽃향기 보듬어
꽃물 드는데

하얀 감자꽃
저만치 피었다

구월의 엽서

안경 쓴 선선한 바람이
엷은 미소로 다가와
살포시 귀를 잡아당겨 맨발로
가을맞이 쇼윈도 앞에 섰습니다

지난주에는 더워도 너무 더워
땀은 가슴으로 폭포를 이루어
열꽃으로 신음하던 거리였는데
어느새 가을 햇살에
고추잠자리 쌍을 지어 넘나드는
오후가 눈으로 들어옵니다

누구의 손님일까
어느 일상의 초대를 받은 풍경일까
참 마음 설레는 익숙한 만남입니다

늘 저만치에 있는 계절의 변신은
소리 없이 오고
손끝에서 물들어지는 구월은
가을 속으로 한걸음 나아갑니다

콩꼬투리 삼형제

바랭이 시새움에도
별밤 꽃이 되고
노린재 유혹에도
하늘 땀방울로
튼실한 열매 맺은
콩꼬투리 삼형제

첫서리 오던 날
서투른 도리깨질
바람결에
선물로 내게 왔어요
난 그저 호미 들고
바라만 보았을 뿐인데

꽃무릇

눈
빛
하나
몸짓하나
기억되는
행복한 그리움들이
잎새
이슬 머무른
고운 추억이
되고

꽃무릇
눈물샘
바람으로
서성이다

선홍빛
기다림
꽃이 되었다

3부

보고싶은 사람

할미꽃 하늘

알싸한 들꽃향기
종다리 부리를 돌아
앞산 허리춤에 머무르고
農夫의 쟁기질 흙내음에
하얀 속살을 여미우는
할미꽃 하늘

가을비

고추잠자리
뒤쫓다 잠들은
젖먹이 아이의
투
정

행복한 중년을 꿈꾸며

건망증이 생기고 둔해지고
튀어나온 배를 걱정스레 쓰다듬는
마흔 다섯 세월에
아름다운 기억들이 많음을 감사하며
열심히 산만큼 그렇게
세상이 되돌려 준다면
적어도 내게 있어
한순간도 아깝지 않은
행복한 중년이고 싶다

눈꽃이 피었습니다

망울진 동백꽃
새눈 뜨고 잠든 사이
장독대를 오가던
당신의 모습을 담아
하얀 눈꽃이 피었네

가뭄

오늘 날씨
어제와 같음

길라진 논바닥
말라죽은 올챙이
아직 모내기도 못했는데

내일 날씨
오늘과 같음

외로움은 언제나

외로움은 언제나
목련꽃 뒤에 숨어
눈물짓는
가슴의 무게로
남아있습니다

달빛 고개 숙인 물봉선

별

빛

취한

외로움

가슴으로

가슴으로

안기울 때

달빛 고개 숙인 물봉선

분

홍

바람에 기대어

너를 기다린다

실잠자리의 오후

따갑던 햇살 속살 드러내며
가시연꽃 입술에 가슴을 풀면
실잠자리 물풀을 오가며
사랑에 잠이 들고 해바라기
빙그레 마실 떠난다

그리움 하나

해마다 봄은
안부처럼 꽃향 피우고
마음속 지워지지 않는
그리움 하나
눈물 속 나이테의
신비한 보물섬이 됩니다

여보 노안이래

요즘 들어 부쩍 눈이 침침하여 신문 보기도 불편해서
병원을 찾았더니 여보 글쎄 노안이래 크게 걱정 할
일은 아니라면서 나이 먹으면 어쩔 수 없다나 돋보기
를 권하더라구 한참이나 망설였어 돋보기 없은 모습
이 우스꽝스럽지나 않을는지
병원 문을 나서는 휑한 가슴에 가을 햇살 한웅큼 허
리를 펴고 따라오네

꿈속에서

미로
같은
비좁은
골목길
녹슬은 파란 철대문의
삐
걱
거
림
에
흩어진 고운 사연들이
달빛아래 모이고
추억의 일상들이
보프라기 날리듯
빗살처럼
빈 가슴으로
내
려
온
다

가을 회상(回想)

억
새풀
손짓하는 풀섶에
가만히 귀를 대고 눈 감으면
어린 시절 냇가에서 발가벗고 헤엄치던 동무들
감국 향기에 실리어 피어난다

타인처럼

폭염에 지친
우울한 풀매미
숲으로가 누웠다

칡넝쿨 잎새
어색한 웃음꽃으로
마음을 추수르며
나른한 햇살
오후 2시를 지나고

낯설은
타인처럼
오늘이 가고 있다

수레국화

엊그제 재혼한
누이 모습으로
수레국화 예쁘게
물들고

은은한 향으로
눈가에 담긴 미소

파랑이 수레국화
행복꽃으로
피
어
나
네

삐에로

익숙한,
너무도
익숙한
그녀는
끝없는
어둠에서
조금씩
멀어지고

수줍은
낯가림에
홀로
남은
키다리
삐에로

서커스
같은
삶에
화장이 짙어지고 있다

보고싶은 사람

옅은

세월의

물안개

속살에

안기어

가슴이

먹먹해 오면

황금색

세마포

빛내림에

다소곳이

기대어

보고

싶은

사람이

있다

가을소풍

멀쑥한 개쑥부쟁이
소풍 나온 까실쑥부쟁이
두런두런
보랏빛 윙크 하고

선잠 깬 갈바람
아장아장 발걸음마다
주홍빛 속삭임으로
물드는 가을소풍

가을이 남긴 외로움

늘 그 자리에 있어
고마운 플라타너스
세월의 손짓에
떨림으로 풍화하고

버즘처럼 벗겨진 외로움에
된서리 하얗게
아린 입맞춤 하며

가을이
남긴
아픈
그리움이기에
더
외롭다

불면(不眠)

온

몸을

접고접고

온

마음을

뒤척이며

새

우

처럼

움추린

어두움에

갈길 잃은

기억들이

시계바늘 소리에

신음하며

주름진 시간의 가시에 찔리어

울

고

있

다

뭐했노

뭐했노
햇살따라
춤추는
시간속에
너는

세월은
산을 넘고
강을 건너
바삐 가자는데
너는
너는
뭐했노

예쁜 치매 1

수미 할미
개똥 어멈 잘들 있는 겨
그나저나
재동 엄니는 왜 안와

풀솜대 꽃망울에
봄이 소풍오던 날
엄마의 옛 기억들이
은빛 여울 간지럼으로
피어난다

예쁜 치매 2

너네 잘 살아라
나는 괜찮다 하시며
늘 미소 지으시던
지금은 조각난 기억으로
세 살 아이 된 어머니

꿈속의 긴 겨울여행에
가끔은
그래도 가끔은
하얀 웃음꽃이 피어나
더욱 아픈 눈물이 된다

길 위에서 1

유월의 고운 눈길과
초록의 속삭임에
익숙한 생각과
희미한 기억들이
성황당 길 위에 누워
갈증을 채우고

밤나무 꽃향기
열세 살 여린 가슴에
하얀 문신을 새기며
힘겹게 넘던 먹뱅이 고갯마루
인연의 끈이
검버섯으로 피어나고

세월을 함께 나눈

이 길 위에서

시간의 무게에 텅 빈

마음 안의 공간들이

빛바랜 사진 속의 꿈으로

다시 일어난다

길 위에서 2

행인1: 셀카 사진을 찍고
행인2: 행인1을 바라보고
행인3: 무심히 스쳐 지나고
행인4: 카페라떼를 마시며 사랑을 나누고
행인5: 농다리 붉은 장대석에 엎드려 행인2를 바라보고

너는 나
나는 너
하나 되어 걷던 이 길 위에서
새로운 인연의 바람이
유월의 초록이 짙게 물들고 있다

그녀의 외로움

너울성 욕망의 Chaos
비에 젖은 휴지처럼
널부러져 그녀는 잠들었다

T.V에서는 무신들의
Dangerous Game

그녀의 거친 숨소리
낯선 모습으로 창가에 앉아
텔로미어 시간표를 두드리고 있다

눈이 온 아침

쪽대문을 열고
호랑가시나무 사이
하얀 눈이 토담 위에
소복이 쌓였다
동튼 햇살에
숫눈을 밟고
반가운 벗이라도 왔으면

오늘은 망가지는 날

현란한 조명
간드러진 음악 사이로
꽃띠A가 돌고
튀어나는 배를 출렁이며
광식이 돌고 뛰고
꽃띠B가 눕고
나는 엉거주춤 뛰다 말다
뛰다 말다
누군가의 찢어지는 목소리 앗싸
출렁이는 가슴
풀어지는 눈동자
흩어지는 가락에 타고 노는
여기는 8.15노래방
네가 내가 따로 없다 전선 이상 무

4부

당신은 세월 속으로

개나리꽃

아지랑이
춤사위에
졸리운 듯
살며시
입을
연
노오란
병아리
웃음
꽃

꽃주름

마음이 가요
힘들었던 세월만큼이나
쪼그라진 가슴위로
낡은 설레임들이
눈처럼 내려앉아
꽃주름 가득한 당신

눈가에 맴도는
아린 그리움에
자꾸 자꾸
마음이 가요

소곡(小曲)

청자빛
하늘

사
랑
을

하
고

싶
어
지
는
여간 맑은 날

가을을 동여맨 코스모스
여린 허리를 접었다

풀각시

소꿉 풀각시
아침햇살 첫 올 드리워
쪽도리 얹은 봄날

스므해 설운 풀잎
녹슨 철조망에 기대어
놀빛으로 물드네

세월은

세
월은
바람을 앞질러
마음에
흔적을 남기고
가
네
세발 햇살 타고
노는 사이

바람같이 늘 사랑하며

은빛
고드름
타고
놀던
따스한
꾸러기
햇살
살그머니
당신의 빈 주머니 속으로
숨어듭니다
있는 듯
없는 듯
바람같이
늘
사랑하며 살고 싶습니다

5월은

아카시아 내음
빛 사이 머무른
5월은
이슬처럼 맑고 영롱한
소망의 노래

꽃 귀한 늦가을

꽃 귀한 늦가을 푸른 바다와
낙동구절초 흐드러지게 핀 섬에
꽃빛 그리움 향기에 실리어
가슴을 열면
파도소리 쉬이 지는 그 모습
추억으로 담아요

아름다운 당신

자작나무
잎새의
떨림으로
찾아오는
가을동화는
그리움을
기쁨으로
곱게 수놓은
행복의 미소

겨울 숲

살짝 부풀어
뽀드득 서릿발 소리가 울리는
겨울 숲
어린 떨기나무 겨울을 나며
마음을 물들이던 단풍도
바랜 흙빛을 닮아 가는 숲
마음을 기울이면
치장하며 잠든 기쁨이 있다

소슬바람

그냥
그냥
끝없는 일에 묻혀
밤이슬 속속들이
젖어 들어도
서걱이는 갈잎
안부처럼 부려 놓은
길 위에
소슬바람은 내게
너는 없다한다

당신은 세월 속으로

우연한 교통사고로
허리통증을 호소하는 당신
세월 속에 갇혀 버린 아픔에
일회용 컵에 담긴 마른 입술
오늘도 마술 같은
세상 속으로 여행을 떠나고
세상은 점점 당신을 잃어가고 있다

언덕에 앉아

바람의 노래와
꽃들의 미소에 취해
내안에 나
언덕에 앉아
구절초 향기로
사랑을 노래한다

보리밭

연
초록
미소
여린
몸짓으로
호뜨기
불며
밭이랑
종달새
휘이휘이
몰
고
다니네

4월은

일상의
무덤덤에서
산더미처럼 쌓인
갈등의 납부고지서
텅 빈 행복의 은행 잔고
쓰린 속을 가득 가득 채우는
당신과의 밀린 약속 오늘은 어쩌나
4월은 라일락 꽃향기로 물들어지는데

첫사랑

그
립고

그
리
운

푸르도록

시
린

이야기

아
쉬움에

밤
새

가슴

아렸던

인
연

어머니

긴 세월
새벽이슬 맞으며
까맣게 타버린
마음

헐렁한 검불처럼
살다
살다
삭정이 사위듯
스러지신
어머니

그저 끝을 모르게 어려웠던
그 시절을 간직한
어머니의 손을 바라만 봐도
가슴이 먹먹해지는 그리움의 눈물이
행복한 꽃이 됩니다

응급실

이서방
여기 어디야
장모님이
깨어나셨다
당수치 오백을 넘나들며
잠시 타인처럼 서성이다
동화 속
주인공으로 돌아오셨다

가을은 1

가
을
은
벌개미취 연보라 향기로 다가와
다
갈
색
고운 풍경으로 웃고 있네요

가을은 2

국
화
꽃
노오란
향기로
다가와
차
한잔의
여유로움으로
웃고 있어요

어떤 그리움

왜
눈물이
나는지 모르겠어요
그냥 멈출 수 없었어요
전화 한 통화에 금새
웃음꽃 지으며 안부를 걱정하는
두툼한 돋보기 너머 주름 가득한 환한 미소
살아있음이 부끄러운 그리움 되어 눈물이 납니다

병상일기

물
레를
타고 노는
애벌레의 작은 흐느낌에
심장을
빗질하며

차가운
침대에
걸터앉은
표정 없는 타인을
외면하고
종이같이 얇아지는
삶의 벽을
마
주
한
다

갈대밭에서

서
두르지
않는
내
작은
행복한 설레임

갈대밭
오솔길을
거니는
건들바람의
수줍은 속삭임

강가
미루나무에 기대어
소
박한
기다림이
시작되었다

매화꽃

살랑살랑 눈웃음 짓는
매화꽃들의 작고 여린
하얀 웃음이 간지럽다

혼자 커피 마시는 밤

따뜻한
난로 위
주전자
물 끓는
소리가
위로되는
밤

하지 못한
하고 싶은
이야기들이
감나무
까치밥 되어

보름달에
기대인
소리도 까치도
커피
마시자는
이야기는 없네요

벗꽃

엄마를 닮은
벗꽃이 피었다
하얗게
너울너울 춤을 추며
엄마의 미소가 피었다

세상을 바라보는 따뜻한 시인의 눈길

백승훈(시인)

일찍이 안도현 시인은 '시를 읽어도 세월은 가고, 시를 읽지 않아도 세월은 간다.'라고 했다. 이 말을 조금만 비틀면 '시를 써도 세월은 가고, 시를 쓰지 않아도 세월은 간다.'라고 말할 수도 있을 것이다. 여기에서 우리가 분명히 알 수 있는 것은 시가 세상을 살아가는데 필요충분조건이 아니라는 사실이다. 그럼에도 불구하고 우리는 좋은 시를 찾아 읽고, 좋은 시를 쓰고 싶어 무수한 파지를 만들며 밤을 새워 머리를 쥐어짜기도 한다. 그것은 시라는 '쓸모없는 존재'의 쓸모(효용성)가 있다고 굳게 믿기 때문일 것이다. 공기나 물처럼 살아가는데 필수적인 소용은 없을지라도 우리의 상처 난 모난 마음을 어루만져 주는 꽃이나 밤하늘의 별처럼 때로는 쓸모없는 것들이 주는 마음의 위로가 절실하기 때문이다.

처음 시의 해설을 부탁받았을 때 적잖이 당혹스러

웠다. 내가 당황스러웠던 것은 첫째로 내가 시인을 전혀 알지 못하는 생면부지의 타인이란 점이었고, 둘째로는 한 번도 접해본 적 없던 시라서 과연 내가 시인의 생각을 제대로 읽어낼 수 있을지 자신이 서질 않았다. 시는 시인의 영혼의 결정체와도 같다. 거기에 함부로 말을 보태어 옥고에 흠을 내지나 않을까 하는 우려가 앞섰던 것도 부인할 수 없는 사실이다. 그럼에도 불구하고 시의 해설을 맡기로 한 것은 시를 쓰는 것은 시인의 몫이지만 시를 읽는 것은 독자의 고유한 영역이란 믿음 때문이었다. 본래의 시인의 심상을 제대로 읽어낸다면 더 이상 바랄 것이 없겠지만, 설령 내가 오독을 한다 해도 그것은 어디까지나 독자의 고유한 영역이자 권리이므로 굳이 탓할 것은 못 된다는 나의 소신이 용기를 북돋아준 덕분이기도 했다.

일반적으로 시는 고백, 관찰, 묘사의 세 가지 요소로 이루어진다. 어느 만큼 세월을 살아낸 사람이라면 누구나 가슴속에 풀리지 않은 응어리를 간직하고 살게 마련이다. 고백은 그 응어리를 풀어내는 과정이다. 거짓 없는 진솔한 고백은 타인에게 울림을 준다. 딱히 선지식의 선문답 같은 고매하고 아리송한 높은

수준의 큰 깨달음을 담고 있어야만 할 이유는 없다. 고백이 지니는 미덕은 진솔함이 생명이다. 그것은 오랜 생각 끝에 얻어지는 것이다.

어느 한순간 스쳐가는 번갯불 같은 깨달음이나 번 뜩이는 시상이 아니라 어머니의 장독대에서 우러나오는 슬로푸드의 깊은 장맛 같은 고백이면 족하다. 고백과 같은 진술이 지니는 미덕도 있지만 시를 쓰는 시인이라면 누구도 관찰과 묘사를 벗어날 수는 없다. 묘사는 일반적으로 서경적 묘사와 심상적 묘사로 나 뉜다. 서경적 구조가 눈으로 볼 수 있는 사실적 묘사 라면 심상적 구조는 마음으로 그리는, 비현실적이고 개성적인 묘사라고 할 수 있다. 시인의 내면에 있는 그 모든 감각과 울림을 100% 이상 끌어낼 수 있는 게 심상적 구조라고 할 수 있다. 서경적 묘사든 심상 적 묘사든 그 어느 것도 관찰이 전제되지 않고는 성 립되지 않는다.

치밀하고도 적확한 관찰만이 선명한 묘사를 가능 케 한다. 어느 시인의 말처럼 자세히 보고, 오래 보아 야 비로소 생생한 묘사를 할 수 있다.

이신재 시인의 시를 읽으며 내가 받은 첫인상은 시인의 시선이 매우 따뜻하다는 것이다. 꽃을 좋아하

는 내 개인적인 취향 때문이기도 하겠지만 이신재 시
인의 시에서 만나지는 많은 꽃들의 이름이 우선 반가
웠다. 공자가 제자들에게 시를 쓰면 좋은 점 중에 하
나가 나무와 꽃을 많이 알게 되는 것이라고 했다, 시
인의 꽃에 대한 여러 시편들을 읽으며 시인의 아름다
운 꽃에 머문 시간의 이력과 따뜻한 시선이 고스란히
느껴진다.

청룡사 풍경소리
진달래 개나리 흥에 겨워
하늘 한 자락 향기롭고

푸르른 청잣빛 하늘가
나옹 스님의 독경 소리에
종달새 차고 노닐며

풀빛 싱그러운
논두렁 밭두렁 어우러진
씀바귀 미소

소망의 꽃향으로
당신의 꽃이 되고 싶다
해맑은 인연으로

〈오늘은 봄날〉 전문

청룡사는 안성에 있는 나옹화상이 창건했다는 고찰이다. 아마도 시인은 봄날 청룡사로 봄 소풍이라도 떠났던 모양이다. 진달래 개나리가 풍경소리와 어울려 흥겹고 스님의 독경소리는 종달새 지저귐을 따라 봄 하늘로 번진다. 시인은 풀빛 짙어오는 논두렁 밭두렁에 핀 씀바귀 꽃 앞에 서서 생각한다. 소망의 꽃향기로 당신의 꽃이 되고 싶다는 오랫동안 품어온 속내를 슬쩍 내비친다. 그것도 해맑은 인연으로 말이다. 그 욕심 없는 마음이 봄날의 풍경과 잘 어우러져 향기로운 꽃으로 피어나는 듯싶다.

대학에 이르기를 마음에 있지 않으면 보아도 보이지 않고 들어도 들리지 않는다고 했다(心不在焉, 視而不見, 聽而不聞, 食而不知其味. 此謂修身在正其心). 마음이 가는 곳에 시선이 머문다. 시인이 꽃을 바라보는 시간이 길면 길수록 시인의 마음도 꽃을 닮아갈 것이다. 목련. 개나리꽃. 얼레지. 민들레. 각시붓꽃 같은 꽃들의 이름을 빌려 쓴 시편들이 넘쳐나는 것으로 보아 시인의 시선은 늘 꽃에 가닿아 있음을 알 수 있다.

그렇다고 시인의 시선은 단순히 꽃의 아름다움을 탐하는 완상의 수준에 머물지는 않는다. 시인은 꽃을 통해 사랑의 대상을 발견하기도 하고 때로는 그리움을 읽어내기도 한다. 그 대상은 "하얗게/너울너울 춤을 추며/엄마의 미소"(벚꽃)로 피기도 하고 "달빛 고개 숙인 물봉선"이 되어 너를 기다리기도 한다.

꽃을 소재로 한 많은 시 중에 〈얼레지꽃 당신〉은 '어여쁜 꽃을 보고 누군가가 생각났다면 지금 그 사람을 사랑하는 것'이라 했던 어느 시인의 말을 생각나게 한다. 사랑이 깊으면 눈에 보이는 모든 대상에서, 귀에 들리는 모든 소리에서, 코끝을 스치는 모든 냄새에서, 손에 닿는 모든 사물에서 우리는 사랑의 대상을 감지해내는 특별한 능력을 갖게 된다.

젖먹이 정민이가 먹다 남은
마른 카스테라 빵과 같이
건들기만 해도 부서져 버릴 것 같은
얼레지꽃 당신
홀쭉한 젖가슴을 조심스레 감싸 안아도
깊은 잠에서 깨어나지 못하는 당신은
세상의 마술에 걸린 초록빛 전설

〈얼레지꽃 당신〉 전문

얼레지꽃은 백합과의 여러해살이풀로 전국 산지에

서식하며 신록이 눈부신 4월경에 연자주색으로 핀다. 꽃잎은 6장으로 아침에는 꽃봉오리가 닫혀 있다가 햇볕이 닿으면 꽃잎이 벌어지기 시작하여 뒤로 활짝 젖혀진다. 꽃 안쪽에는 암자색의 선명한 'W'자형의 무늬가 있어 봄 산에서 만날 수 있는 아름다운 꽃 중의 하나다.

그 얼레지꽃을 보고 시인은 당신으로 지칭되는 사랑하는 이의 모습을 발견한다. 그것도 가장 아름답고 눈부신 모습이 아니라 젖먹이 아가가 먹다 남긴 바싹 바른 카스테라 빵같이 톡 건들기만 해도 그대로 부서져 버릴 것 같은 안타까운 모습이다. '홀쭉한 젖가슴을 조심스레 감싸 안아도/깊은 잠에서 깨어나지 못하는'것으로 보아 〈얼레지꽃 당신〉은 젖먹이 정민이의 엄마가 아니라 한 세대를 건너 뛰어 할머니가 된 시인의 아내일 거란 추측이 어렵지 않다. 꽃이 아름다운 이유 중의 하나는 단명(短命)하기 때문이다. 짧지만 빛나는 청춘의 시간을 지나온 아내에 대한 지아비의 안타까운 시선이 얼레지꽃에 고스란히 투영되어 있는 사랑의 시다.

그렇다고 시인의 시선이 꽃이란 대상에게만 국한되어 있지도 않다. 시인의 시선은 안팎으로 열려 있

어서 시선에 포획된 모든 풍경은 시의 주요한 소재가
된다. 그것은 외부로 향한 시선에 걸린 풍경뿐만 아
니라 시인 자신의 내면의 풍경까지도 포괄하며 시의
지평을 넓혀간다. 때로는 계절의 변화에 민감해져서
감성의 촉수를 들이대기도 하고, 때로는 내면의 꺼지
지 않는 순수한 사랑의 열망을 노래하기도 한다.

살아가면서 언제나
기댈 수 있는
사랑이 있었으면 좋겠다

힘들고 어려울 때
찾아가서 볼 수 있는
고향이 있었으면 좋겠다

몸살이 난 이런 날엔
옛일을 기억할
한 사람을 갖고 싶다

〈이런 날엔〉 전문

욕심 부리지 않고 담담히 적어간 고백이 가슴을
밟고 가는 시다. 건강할 땐 잊고 살다가 몸이 아프고
서야 소중함을 깨닫는 게 어리석은 우리 인간이다.

시는 누구나 한 번쯤은 느껴보았을 마음을 잘 대변해 준다.

시는 어쩔 수 없이 시인의 인생을 담을 수밖에 없는 숙명을 지닌다. 시인의 시선이 꽃과 같은 자연이나 풍경에 머무는 시간이 많다 해도 그 시선 속엔 세상을 살아오는 동안 몸에 밴 습관 같은 시각이 존재하기 때문이다. 시각이란 대상을 바라보는 관점이다. 그것은 세상을 인식하는 태도이기도 하고 시인의 인생관이기도 하다. 천변만화를 거듭하는 마음이라 해도 관점을 바꾸는 일은 쉽지 않다. 따라서 시인이 보여주는 생활 시편들에선 시인의 삶이 묻어나기도 한다. '실직'에 관한 연작시나 '그리움의 일기' 연작시들을 보면 시인의 마음 풍경이 가감 없이 드러나 보이기도 한다.

다듬이 소리
달빛 고드름에
사랑을 엮으며
그리움의 눈물
모두가 당신입니다

〈그리움의 일기, 겨울〉 전문

겨울은 침잠(沈潛)의 계절이다. 밖으로 드러내기보다는 안으로 꽁꽁 여미어 속으로 깊어지는 때가 겨울인 것이다. 외부로만 향하던 시선을 거두어 자신의 내부를 들여다보면 모든 것이 아쉽고 그립게 마련이다. 다듬이 소리, 달빛, 고드름…. 겨울밤의 정취를 한껏 자아내는 아득한 기억 속의 풍경들을 담담히 펼쳐 보이며 시인은 그리움의 일기를 쓴다. 모두가 '당신'으로 귀결되는 겨울 일기를.

무엇보다 다행인 것은 오랜 시간 갈고닦은 시편들에서 시인의 시에 대한 열정이 느껴진다는 점이다. 모든 일이 그러하겠지만 시인에게 가장 중요한 것은 시에 대한 열정이다. 끈기와 근성을 가지고 시에 대한 열정을 불태우는 자만이 문학이라는 자신만의 새로운 세계를 열어갈 수 있기 때문이다.

시집 출간을 축하드리며 두서없는 글에 마침표를 찍는다.